관목들

곽은영 시집

문학동네시인선 143 곽은영

관목들

시인의 말

나는 듣는다. 듣다보면 그에게서 이런저런 감정이 흘러나와 그의 얼굴을 적시고 그가 말을 멈추고 마침내 그가 시간을 거슬러올라가 눈부시게 몸을 맡기는 것을 보게 된다. 감정이 형체를 얻는 순간은 하나의 사건.

2020년 7월
곽은영

차례

2부

3부

1부

모리스 호텔은 바람이 많이 불며 여름에 선선하고 겨울이 추운 석회암 지대에 있다

석회암 지대는 빙하기에 살아남은 식물들의 피난처다

몇 세기 전의 채석장도 있으며 송어 낚시에 적절한 계곡이 멋지다

현재는 농업과 관광업이 주요 수입원이 된 평범한 시골 마을이다

마을에서 한 시간 정도 차를 달리면 해안에 닿는다

마을에 오려면 기차를 타거나 자동차를 직접 몰고 오면 된다

초입에 모리스 호텔이 있다

눈보라
—모리스 호텔 1

1

눈이 내렸다 어둠 속 눈의 대열은 선명했고 거침이 없었다 올 것이 왔다 이제 어디가 터질지 짐작할 수 없으니 무럭무럭 내리는 눈을 잠시 지켜봐야 하는 걸까

장갑을 벗고 불꽃이 중얼거리는 난로 옆에 앉았다

그는 어느새 계단을 내려와 조심스럽게 글을 썼다

오늘 눈이 무엇을 할까요 나도 글로 답했다 글쎄요 작년에는 지붕이 무너졌죠 눈의 여왕은 엉덩이가 무겁군요 그의 글을 읽고 나는 탄을 더 넣었다 심심했지만 웃기는 문장이었다

눈이 그치면 얼음낚시를 할까요 찌가 움찔했으나 대답 대신 유리창 너머 눈을 쟀다 유리창에 비친 그는 눈발 속으로 뻗은 계단을 오르고 있었다 쪽지를 난로에 던져넣었다 나는 호텔을 비울 수 없다

잘라낸 팔과 다리를 난로에 넣는 꿈속에서 열기 대신 하얀 서리를 뿜는 난로의 꿈속에서 조막만한 얼음 구멍으로 낚싯줄은 아득히 풀려내려갔다 눈은 내리고 또 내렸다

2

생각해보면 폭설도 반가웠다 여운이 남았기 때문이다

관목
—모리스 호텔 2

그는 눈사람을 하나 세웠다
나는 재로 카이저수염을 그렸다

그는 열쇠와 물병을 남기고 빈 침대를 남겼다
나는 커튼을 떼어내고 새 시트를 깔았다

그는 선량한 미소를 지었다
나는 가벼운 한숨을 쉬었다

겨울 강
—모리스 호텔 3

저에게 방을 주세요 그는 숙박계 옆 빈칸에 썼다 전망 좋은 방을 드릴까요 그는 작은 글씨로 대답했다 저는 말을 하지 않습니다 나는 열쇠를 주었다 그의 기척과 쓱싹쓱싹 물걸레질 소리와 내 발소리가 쌓이는 동안 모리스는 마른 낙엽 모자를 썼다 그는 겨울 내내 머물며 세탁물은 직접 다리고 점심을 같이 먹었다 또박또박 정중한 글씨와 손가락의 굳은살 그는 천천히 썼고 눈이 내리고 바람이 그치고 다시 눈이 내렸다 그의 이야기는 얼음 아래 강물처럼 흘러갔다 환송 식사가 끝나고 남은 것은 굳은 기름 같은 침묵 장기 투숙객에게 익숙해지자 벌레가 꼬였는지 나는 그가 봄이 되면 떠나길 기대했다 괘종시계가 두 번 치면 두시임을 알면서도 시계를 쳐다보듯 복도를 닦을 때마다 그가 있던 방을 보았다 늦겨울 관목처럼 모리스 호텔은 돌연한 떠남에 의연했다 겨울의 끝이 보이자 지붕에서 물이 줄줄 흘러내렸다 방심하지 않으면 또 계절을 보낼 수 있다 나는 지붕에 올랐다 맑은 햇살 시린 바람 늙은 개처럼 충직한 풍경 모리스다웠다

일과
—모리스 호텔 4

우체부였던 할아버지는 일주일에 한 번 달걀 소년은 트럭을 모는 아버지가 되어 이틀에 한 번 신문 배달부는 매일 할머니 둘은 주말을 빼고 찾아오고 기차는 하루에 두 번

불현듯 시작된 모리스 호텔의 역사
아이도 어른처럼 옷을 입던 시절 열두 형제의 편지는 알지 못하는 나라의 소식처럼 뜸해지고 그들이 사랑했던 강아지의 이름을 호텔의 이름으로 걸고 언젠가 모두 돌아와 긴 테이블에 둘러앉아 저녁 만찬을 즐기리라 그러나 막내가 관에 누울 때까지 살아서 모리스 호텔의 도어벨을 누른 형제는 없었지 그들은 열세 개의 둥근 액자 속 사진으로 모였을 뿐 그들을 위한 침실로 가는 길목 삐걱거리는 계단 옆에

우체부였던 할아버지는 일주일에 한 번 달걀 소년은 트럭을 모는 아버지가 되어 이틀에 한 번 신문 배달부는 매일 할머니 둘은 주말을 빼고 찾아오고 기차는 하루에 두 번

폭우와 폭설의 그늘 바람과 바람 찬란한 햇살이 만든 모리스의 냄새
이곳에 들어온 순간 누구나 호텔의 향기부터 알게 되고 삶고 두드리고 다리고 모리스 호텔은 낡고 구식이지만 앞면만 화려한 시대보다 우아한

긴 겨울

연통 속 그을음
멀수록 엉긴 마음

외출
—모리스 호텔 5

나는 기차에 실려 덜컹덜컹 풍경을 세었다 이렇게 흔들리며 그녀의 모리스가 그녀의 팔과 다리에서 떨어져나갔을까 아는 것은 그녀가 물고기좌라는 것뿐 그녀는 이웃이 지켜보는 가운데 공원묘지에 묻혔다 모리스의 가족은 뒷산에 묻혀 있다 그녀의 마지막은 평화로웠다고 했다 호텔로 돌아오는 길은 캄캄하고 아주아주 길었다 그녀가 그녀의 머리를 한 손에 들고 그녀의 팔 한 개가 이 허공을 휘젓고 그녀의 다리는 여기 허방을 걸어서 모리스에게 마지막 인사를 전했다 오늘은 달도 뜨지 않는 날이구나 그녀의 얼굴이 나와 닮은 것은 낯선 고통 호텔로 돌아오는 길은 캄캄하고 아주아주 길었다

검은 패
—모리스 호텔 6

호텔에 버려진 것 중 가장 치우기 곤란한 것은 돌아갈 곳을 잃은 사람

버려진 사람은 물러진 토마토처럼 꼼짝하지 않는다 그도 그랬다 마음만 먹는다면 모리스 호텔은 사람을 버리기에도 적당한 곳 잔인함은 먼 나라의 이야기가 아니었다 그가 침대에서 일어난다면 일층으로 내려온다면 나는 새삼 계단의 낡은 소리를 기다렸다

모리스를 차가운 광대로 놔둘 수는 없어 나는 그와 마주 앉아 카드를 돌렸다 그는 솜씨 있는 카드꾼 내가 하트 퀸을 노리는 것을 금방 알아챘다 가장 큰 패는 누구나 원하죠 그래서 실패도 쉽습니다 그가 마지막 패를 열었다 스페이드 에이스 칼 귀족 죽음

그가 지불한 만큼의 시간을 채우자 내 귀는 뾰족해졌다

그는 방문객과 함께 자기 자리로 돌아갔다 그를 일으켜세운 것도 그가 버린 것도 찾지 못했다 검은 방패 같은 마지막 패 창을 한참 열어두었다 가장 큰 패는 누구나 원한다 실패도 쉽다 하지만 여전히 가장 큰 패를 원한다

비와 멜론
—모리스 호텔 7

1

비가 멈추지 않았다
모리스와 나만

낮인데도 어두웠다
우걱우걱 멜론을

나는 불시에 소환되었다
양초를 켰다
모리스 호텔은 한기에 잠식되고
간밤의 물고기는 훨씬 커진 채 아가미와 지느러미만 끔벅

나는 서툰 호스트
요리사도 메이드도 떠나보내고 손금고가 비어 있는 일은 괴롭지만
넘쳐나게 할 재주도 없다

2

모리스 호텔은 비에 약하다
현관문을 열자 발을 들여놓는 바람 뒤쳐진 비 몇 방울도 후드득 지붕 굴뚝 유리창 북쪽 모서리에 물이 스미진 않았고 뒤뜰에는 어디선가 날아와 자리를 잡은 풀씨 웅장해진 큰 나무 안개는 무심히 한 번 크게 흔들리는 풍향계 저만큼

고여 있는 샹들리에 불빛 자욱한 나무 냄새 야생 라벤더 무리 바람은 광막하게 나는…… 이곳을 버려두었다

모리스 호텔은 다시 비를 맞았다
발은 진흙투성이 나는 그냥 오래 서 있었다

3

뒷문을 열고 멜론 껍질과 씨를 버렸다
따뜻한 물주머니를 침대에

모리스 안에도 물이 가득했다
둥근 눈알이 유리창을 채웠다 사라지고
모리스보다 더 커져버린 물고기가 호텔을 한 바퀴
나는 헤엄쳐 가 뒤뜰 문을 열었다
라벤더들은 이리저리
커다란 물고기는 천천히 물속 정원의 먼 끝으로

잊지 마
잊지 마

낮은 소리는 나를 안고
검은 소리는 나를 수면 위로

쏴아 호텔을 채운 물이 빠지는 소리가 들렸다
어둠 속 캄캄한 궁륭을 보았다
거기 모리스의 얼굴이

4
비가 끝났다
아직 무르다

멜론도 한 줄기 자랄지
묵묵히 자리를 지키는 것도

모리스와 나
나와 모리스

봄

풍성한 벚나무 두 그루
향기는 없는데도 내리막길 끝까지 코를 킁킁거리게 만든다

구움 과자
—모리스 호텔 8

1

땅딸막한 인부는 수월하게 말했다 호수 근처 호텔을 새로 고쳤답니다 화려하지요 안경을 쓴 인부는 신문을 내려놓고 말을 막았다 먹고 출발하자고 얼굴이 화끈거렸다 잘 쉬었어요 이곳은 멋집니다 안경을 쓴 인부가 숙박비를 지불하며 말했다 고맙습니다 택시를 불러드릴까요 괜찮아요 걸어갈 겁니다 첫 열차가 떠나기 전의 어둠이 두 사람을 지웠다

2

접시를 끓는 물에 넣고 포크를 닦았다
개운하지 않았다

쌍둥이 할머니는 탄탄한 실에
새 단장을 시작한 호수 근처 호텔과
젊은 호스트와
큰 도시에서 온 인부와 자재를
줄줄 이어가며 모리스를 걱정했다

별일 있겠어요
나는 자꾸 코를 놓치고 구멍을 키웠다

3

별일 있었다

여름 주말 협곡을 찾는 밴까지도 모리스에서 멈추지 않고 쌩쌩 지나쳤다

호스트가 되던 해
나는 모리스의 욕실을 현대적으로 수리했다
큰 공사였다
조부모의 잔고도 대부분 그 공사에 썼다

한동안 뜸했던 쌍둥이 할머니는 레이스 보 씌운 바구니를 내밀었다
여기서 팔아봐
나는 웃으며 쿠키 바구니를 받았다
할머니들이 햇빛을 눈부셔하며 떠난 뒤 나는 쿠키를 모두 먹어버렸다

4
이곳을 아는 이들이 간간 찾아왔다
대신 이웃은 자주 왔다

아무리 노력해도 패배가 예정된 일이 있다
분하지도 않고 담담했다

낮이면 다림질을 하고 뒤뜰을 청소했다

밤에는 식물도감을 읽었다
흙 묻은 앞치마를 두른 채 손님을 맞기도 했다
얼굴과 팔이 선명하게 탔다

나는 조금 더 말수가 줄었다
여름의 흔적이었다

5

모리스 호텔의 새로운 불황은 이상한 곳에서 급작스럽게 끝났다 여름이 가기 전 젊은 호스트가 떠났다 생선 비린내와 젖은 장화에 질렸다는 소문을 남긴 채 나는 잔고 걱정을 덜었지만 어두운 새벽을 걸어간 인부가 떠올랐다 견고했을 노동의 결과가 먼지에 잠길 것을 생각하니 쓸쓸했다 하지만 나는 다정한 쌍둥이 할머니에게 모든 것이 쿠키의 마법이었다고 말한다 곰손으로 짠 레이스를 펴며

가정 간편식
—모리스 호텔 9

버섯을 불리면서 배를 갈고 오이를 썰고
버섯을 볶고 간장도 붓고 꼬들꼬들 볶고
들기름 고춧가루 넣어 볶고

갈아놓은 배 볶은 버섯 오이 식초 소금 한데 합쳐서 휘휘
차게
국수를 짧게 삶아서 찬물에 휘휘
차게

마음에 드는 그릇 시원해진 국수 오이와 차가운 소스
얼음이 된 불꽃을 만드는 레시피
이따금 꺼낸다

여름

낮잠을 자는 붉은 지붕
고양이들도 그늘에서 쉬는데
여름 태양이 혼자
날름날름 짧은 혀로 물을 찍어먹는다

노틸로이드
—모리스 호텔 10

모리스 호텔은 상자처럼 바다에 떠 있고 해안 바위마다 붙은 이끼가 일제히 숨을 쉴 때마다 하얗게 눈이 내렸다 뒤척이면 모리스 호텔이 출렁거렸다

석회석은 사람을 부르고 쇠락도 데려왔다
남은 것은 낡은 집 그래도 파헤쳐진 숲이 안정되듯
빈 거리에 적응했다
호수를 따라 더 들어가면 협곡과 폐광 거기까지가 길
폐광 근처 노두 쪽은 잘 가지 않는다 그녀는 그곳으로 향했다
포장이 풀린 돌 몇 개 그녀는 말했다
난 식물이 빙하기를 불렀다고 여겨요
원하는 것을 찾으셨나요
아뇨 하지만 내가 못 찾아도 누군가 찾을 거예요

모리스 호텔은 바다 밑에 내려앉고 해안 바위의 이끼가 일제히 숨을 쉴 때마다 폴폴 흙이 내려왔다 바다의 평원을 줄지어가던 강이 하얀 손으로 모리스 호텔을 감쌌다

여름곤충탐험대
—모리스 호텔 11

덤불 벽돌 나뭇가지 흙무더기 서걱대는 풀
어지러운 뒤뜰이 한순간 표정을 얻었다
햇살을 반짝반짝 튕겨내는 꼬마 곤충탐험대 덕분에
꼬마들은 시무룩한 얼굴로 돌아왔다 콧잔등에는 땀이 송송
나는 비어 있는 채집 가방에 사탕 한 주먹을 넣어주었다
겨울에 다시 와
깨진 화분 마른 나뭇가지와 잎사귀 말벌들이 떠나버린 빈집
그것들은 훌륭한 곤충호텔이지
여름곤충탐험대는 어쩐지 복잡한 것에 끌리는 소년들 그대로
아직 오지 않은 계절을 우렁차게 상상했다
나는 소년들의 할머니에게 전화를 했다

소년들이 떠난 뒤 소나기가 내렸다
모리스의 현관에 그림자를 툭툭 남겼다가 떠났다

몽상의 구역
—모리스 호텔 12

캠핑카 간다…… 호텔의 캡틴들과 함께했던 여름 탐험 벌레잡이 등불에 깜빡이는 이야기를 따라갔다가 밤과 낮이 교대하며 주고받는 축축한 악수를 지켜보았지…… 잠이 들면 온밤 내내 눈이 내린다…… 캡틴들이 모리스 호텔과 작별한 밤 초원은 청량하지 않았고 나도 트렁크 한 개와 떠났고 마지막 캠핑에서 발견한 여우의 보물창고에는 아무것도 없었어…… 여름 꽃이 진다…… 돌아온 내겐 모난 침묵 계곡의 물은 흐르고 물속 돌멩이는 매끄럽지 꽤 부끄러운 비밀과 기억 어딘가에 있는 함정 이제는 마주보려고 해…… 눈을 뜨면 안개가 혼자 걷고 있다

늦여름

풀벌레 옥수수수염 키 큰 나무 자전거 바퀴
모두 녹슬게 한 햇살이 태연하게
자는 얼굴 내려다보는
선득한 낮잠

2부

가장 가까운 곳을 들여다보면 가장 어둡다

비밀의 정원
—모리스 호텔 13

나무들은 안개와 팔짱을 낀 채 나를 내려다보았다

딱딱 발길질을 하며 땅을 긁는 무스

모리스 호텔은 막 먹이를 구한 짐승처럼 더운 김을 내쉬고 크릉 고개를 돌렸다

나는 달렸다

청색 해바라기들은 땅을 보며 시커먼 입을 벌리고

몰려온 안개가 하늘의 미궁 입구를 가린다

전령처럼 날아온 새

그녀는 그물코를 이어 자신의 그림자를 뜬다

나는 달렸다

투명 벌레들은 칸나의 뿌리부터 파먹었다

스치는 것은 흰 뱀처럼 똬리를 튼 안개의 거대한 비늘

물끄러미
—모리스 호텔 14

밤에는 벌써 춥다
며칠이 지나도록 고양이의 밥그릇이 비워지지 않았다
정든 동물이 어느 날부터 보이지 않을 때
지나고 나면 애틋한 기억이 남는데
왜 고통이 더 커 보일까
나는 물끄러미
밥그릇을 내려다보았다

마리
—모리스 호텔 15

마리는 어디로 간 걸까 열 마리 마리가 모리스의 테이블을 차지하고 나는 계속 시트 위 털뭉치를 굴리고 마리는 뱃속의 시계를 토하고 물을 더 줘 음식이 어째서 맛없는 거야 컵 속에 들어가 잠든 마리의 꿈속에서 나는 계속 앞발을 핥다가 깼다 오후쯤 개수대를 닦다가 컵을 깼다 마리는 어디로 간 걸까 발톱에 할퀴인 것도 아닌데 쓰라려 시트를 두 개씩 세탁하고 구김이 사라질 때까지 다렸다 기분에 딱지가 앉을 무렵 마리가 돌아왔다 아기 마리와 함께 아기 마리는 시트 뒤에서 기웃기웃 마리와 아기는 밥을 먹고 왔던 길로 꼬리를 세운 채 풍성한 가을 햇살을 말아 마리는 어디에서 오는 걸까

초가을

지질학적 시간 앞에서는 누구나 겸손해진다
지질학적 시간도 사소한 시간이 쌓여 이룩된다
우린 제4기에 산다

숙객
—모리스 호텔 16

그의 미끼 상자에는 날벌레 같은 미끼가 많다
가을비 세찬 날 그는 종일 미끼를 만들었다
바다로 가지 않는 송어를 찾아
작년에 아내가 죽었소
그는 가위질을 하며 툭툭 던졌다
미끼를 만들 때는 영락없이 평화로운
나뭇잎이 날렸다 주전자의 물이 톡톡톡톡
그는 쓱쓱 실을 바늘에 감았다
공작 깃털 사슴 털 검은 실
요놈은 가벼우니 물에 잘 흘러갈 거요
혼자가 된 그의 시간과 그 안의 물고기를 헤아리는 포물선
그는 뜰채로 떠내듯 단순하게 말했다
나는 영롱한 초록 몸통 눈이 없는 곤충을 하나 집었다
미늘이 없으니 돌려보내기 좋지
가을비 세찬 날 그는 종일 미끼를 만들었다
바다로 가지 않는 송어를 찾아

까만 미나
—모리스 호텔 17

1

너무 오래 쓰라림에 시달린 인간은
꺼진 볼과 삐뚤어진 가지 같은 심성을 가지고 있지
심성이 틀어지지 않았다면 코가 삐뚤어질 때까지 술을 마셔
둘 다 싫지만
미나, 어쩌겠니
네 아빠인걸

까만 미나는 까만 머리를 푸르게 바꾸었다
까만 미나는 브로치 대신 라임을 달았다
까만 미나는 삐뚤어지고 말 테다 온갖 말썽의 이름을 붙인 최초의 인간처럼
걷고 차고 맞고 핥고 기고
마분지 자동차 밑에서 잠을 청해도
그러나 울지 않았다
계절이 덜거덕 굴러 겨울이 시원찮은 소리로 그르렁거릴 때까지

까만 미나가 휴지처럼 던져진 밤
퉤, 피범벅 침을 뱉고 싶은데 배에 힘이 안 들어가
미나, 어쩌겠니 어쩌자고 그 목소리가 떠오르는 게냐
은행을 털려던 순진한 강도가 화약 조절에 실패해 은행을 날렸다

어리바리한 강도답게 도망가버렸는데
미나는 한밤의 휘황한 불꽃을 보았지
돈 조각이 펄펄 미나의 코 위에 내렸다

돈 이불을 뒤집어썼는데 걸을 수도 없구나
마지막 밤일까, 집의 눅눅한 이불이 그리웠던 밤, 눈의 차가운

미나, 너무 오래 쓰라림에 시달린 인간은
꺼진 볼과 삐뚤어진 가지 같은 심성을 가지고 있지
심성이 틀어지지 않았다면 코가 삐뚤어질 때까지 술을 마셔
둘 다 싫지만
이제는 내가 싫다

푸른 라임은 터졌고 검은 머리는 자랐어
그리고 내 몸에서는 냄새가 난다
집으로 가려면 왼쪽 모퉁이를 돌아야 하지만

까만 미나는 한밤의 휘황한 불꽃을 보았지
하늘에서 내리는 것이 재인지 눈인지 입술에 닿을 때야 알았다
삐뽀삐뽀 소리가 안녕 바보 미나로 들리고
아침은 멀어

이마가 더러워진 채 잠이 드는 미나
흘린 피 굳은 채로 잠이 드는 미나

2
미나, 그게 나다

나는 진심으로 집에 돌아오고 싶었다

가을

어느덧 풍경의 닳은 모서리가 보이기 시작할 때
풀벌레 소리가 잔잔할 때
전화를 하려다 풀벌레 소리를 더 듣고 싶어질 때

복각
—모리스 호텔 18

모리스 호텔에는 공개하지 않는 방이 두 개 있다

바람을 닮은 자식이 툭툭 품안에 떨어졌는데 찌그러진 굴뚝처럼 광대뼈가 함몰된 채 떠났지 속으로 무너진 굴뚝을 뜯어내는 건 암담해 어쩌자고 바람 많은 이곳에 집을 지었을까 조모는 씩씩 화를 냈다 은행알이 뭉글뭉글 도로를 채웠다

나는 매일 조부의 휠체어를 끌었다

복각이 아주 커진 곳에서는 나침반이 뱅글뱅글 돈단다 그날이 그랬다 바다인 줄 알고 전속력으로 달리다가 육지를 처박았어 그후 배를 안 탔다

매일 모리스 호텔의 일상을 배웠다

땅의 기운에 사로잡혀서 유쾌를 잊기도 했지 보이는 것을 원하는 법 큰바람이 불 때 지붕에 오르면 남쪽에서 온 거대한 구름 군단의 힘찬 전진을 볼 수 있었어

비로소 혼자가 된 밤이면 우둑우둑한 허공을 한참 바라보았다

일찍 노란 물이 들었거나 늦도록 파란 나뭇잎이 사방에 날렸다 눈부셨지만 뭍에 올라오자 초라해진 배 같은 조부를 보고 나는 돌아오지 않은 부친을 미움에서 조금 덜어냈다 평범한 하루를 꾹꾹 넘기다보면 비약이 올 것이라고 위로하지 않는다 평범하기도 어렵다

추도
—모리스 호텔 19

오늘밤 안개,

벗이여 취생몽사 몽생취사라는 말을 이제 알았는데 그대는 먼저 떠났는가

강의 흐름이 보이지 않는 밤이다
빈털터리 눈빛, 새의 원망, 떨어진 설익은 열매, 숨은 향기, 뒤죽박죽의 말, 그런 것들을 생각한다 한 번이라도 나는 그대의 것이었는가 그대는 한 번이라도 내 것이었는가 그런 것들의 구분도 의미가 없어졌다 그물에 걸린 달, 서성이는 한기, 쏘삭거리며 그대가 남긴 몇 줄의 글 그런 것들을 생각한다

그대가 거기 있어
오늘밤 안개,

외발 수레
—모리스 호텔 20

1

땅이 아직 얼지 않았다
나는 삽을 부지런히 움직였다

여름부터 뒤뜰을 손봤다
풀은 걷어내도 금방 주위를 뒤덮었다
괜찮았다

싣고 온 거름을 다 묻었다

2

온실의 의자에 앉아 장화를 벗었다
지난여름 어둡고 쾨쾨하며 쥐똥 냄새 범벅인 창고를 바꾸었다
아예 문을 뗐다
벽에 쓰게 될 정원의 연장을 하나씩 걸었다
문기둥을 따라 미니 장미가 자리를 잡았다

빗물받이통도 튼튼했다
왁스플라워가 곁을 에워쌌다
나는 목초지 같은 뒤뜰의 느낌을 그대로 두려 한다

박새가 푸덕푸덕 날아갔다

모이통 땅콩은 채워져 있다
나는 매일 조금씩 풀밭 사이로 길을 만들었다

시간과 식물과 사람이 사이좋게 제 몫을 하면 정원이 만들어졌다
그래서 모든 정원은 아름답다

길을 따라 꼬리풀과 울부시 흰바람꽃과 문빔이 피고 지고
블루데이지 알리움 양귀비꽃이 바람의 결대로 넘실거리는 길을 따라
나는 모종삽만큼 작아져 오래오래 걸을 것이다

아주 먼 미래의 이야기다
곧 땅이 완전히 언다
이제 겨우 외발 수레를 끌 줄 알았다
나는 모자를 다시 썼다

늦가을

흙속에서 잠든
다부지게 익은
두근두근 구근

3부

나는 그의 시절에 무임승차했다

성탄절
—모리스 호텔 21

바람막이 커튼—처마 끝 별무리—한 장 남은 달력—적적한 호텔—나무—별빛을 감은 유리알 몇 개

메이드—빨래—젖은 손—꽃묶음—다정한 눈인사—귀환—영원한 부재

특집 방송—종일 쉰 세탁기—깜빡 잠—방울 소리—시골 호텔의 성탄 카드

밤하늘 보호구역
—모리스 호텔 22

겨울 별자리가 눈에 띄게 지평선과 가까워졌다 밤은 순식간에 시작되고 달은 성큼성큼 두 사람은 오랜 친구처럼 스스럼이 없다 별똥별이 지나갔다 별과 별 사이 어둡고 먼 곳으로 불꽃은 툭툭 아마추어 사진가와 천문가가 만드는 풍경을 살라먹고 그들은 쌀푸딩과 커피를 비운 뒤 떠났다 종일 차를 몰고 고치다보면 고장 없이 달리는 것이 아름답습니다 아름다운 것은 규칙적이기도 하죠 믿을 수 없는 저궤도와 낮은 각도로 움직이는 인공위성이 많아졌어요 베텔게우스 좀 보세요 식품 배달원이자 정비공의 별이 빛났다 밀린 식료품비와 순무처럼 쑥쑥 크는 그의 아들 야간의 자동차 정비 그런 것 말고도 별을 말하는 매혹의 순간 밤은 순식간에 시작되고 달은 성큼성큼

밀크티잼
—모리스 호텔 23

커다란 냄비에 우유 생크림 설탕을 넣고 끓인다
구름만큼 두텁게 울적한 날
토도독 기포가 올라오면 불을 끄고 홍차 티백을 넣는다
찻잎도 함께
상상만으로도 가득 터지는 단맛
발이 살짝 시릴 쯤 높은 의자에 앉아
우유 냄비를 끓이며 젓는다
향기가 퍼지면 울적함은 조금씩 잠이 들고
돌아갈 곳이 있을 때 여행자
돌아갈 곳이 없다면 만들 때
살살 졸인다 끓어넘치지 않게 다독다독
유리창 너머 한기는 쌓인다
잼은 걸쭉하게 흐르고
소독한 유리병에 잼을 담는다
식은 후 냉장고에 넣는다
하루를 조금 달콤하게
춥고 증기 가득한 겨울의 몽글몽글한 위로

눈썰매
—모리스 호텔 24

가구는 윤기를 잃더니 어느새 황무지 빛깔로 조부모의 책 편지 조금 가벼워진 물건은 자루에 담고 모리스 호텔의 장부는 먼지를 털어 차례대로 꽂고 자루는 뒤뜰에 땅은 얼어 삽을 튕겨낼 테지 어느 결에 눈에 티끌이 들어갔고 깜빡 졸았을까 가구를 덮은 흰 천처럼 소복하게 눈이

눈부셔 이리 와 바람도 없이 포근하지 실밥 풀린 곰 인형이 옷자락을 잡아당기며 눈밭 속 눈썰매를 찾아줘 나는 삽을 잡고 눈을 치워가는데 눈썰매는 어디에 있는 걸까 자루 속에 있어야 할 책 담요 편지가 여기저기서 튀어나와 갈색 곰 인형은 깔깔깔 하나씩 주워 안아

삽날이 썰매에 부딪히고 찾았구나 쓱쓱 부지런히 눈을 헤쳐 파낸 것은 어린 내가 탔던 눈썰매 나무판의 생채기도 그대로 곰 인형은 눈썰매에 타고 커다란 자루도 싣고 제법 무거워진 눈썰매는 소중한 크리스마스카드의 그림처럼 곰 인형을 태우고 바다로 바다로

작아 보이는 호텔과 눈부신 눈밭 시큰한 콧등을 누르며 나도 눈썰매를 만들어달라고 했지 어느 결에 티끌은 사라졌는지 눈물은 멈추질 않고 눈을 뜨니 창밖 가득 몰려온 겨울 안개 이별 준비가 덜 되었던 것뿐 이제는 보내야지 화악 불꽃이 켜지고

겨울

영하의 한밤중
뽀드득뽀드득 언 포도를 따는 소리
추위는 한 방울 물도 얼려 주렁주렁 달아놨지만
여름만 골라내는 소리

진혼
—모리스 호텔 25

지구는 고래의 별 조심해 고래는 앞을 보지 못해

언니가 동생을 바라보았다
병상의 동생은 호흡기에 의지했다

할머니는 재스민 차를 마시며 말했다
이제 오지 않아도 괜찮아
어차피 여행객도 없는걸요

침묵이 흘렀다
우린 이제 집으로 가
여기선 더 할 수 있는 게 없어
또 침묵이 흘렀다
얘는 결혼을 했고 나는 하지 않았지
우린 다른 점도 많았지만 좋은 친구였어
언니는 말했다
나는 들었다
밖은 어두웠다

*

고래는 심해로 떠나고 아직 따라가지 못하지만 배웅도 아닌

습하고 차갑다 겨울밤 무동력 배의 선원은 고요히 굳은 바

다를 만나면 등을 켜고 바람 부는 곳에 닿을 때까지 다만 바다에 몸을 맡긴다고 했다 옴팡 뜯어내도 삭여지지 않는 비통함 불 꺼진 병실은 하나도 없다 조부모는 한날 세상과 작별했다 잘 자거라 익숙한 밤 인사와 함께 천둥벌거숭이가 된 나와 모리스 쌍둥이 할머니는 손님 없는 호텔에 늘 찾아와 호텔이 지녀야 할 온기를 잃지 않게 해주었다 물잡이 찻잔 두 잔을 허공에 걸어두고 영원한 작별이 또 온다 등을 켜고 간곡하게 우리가 바람 부는 곳에 닿을 때까지 우리가 바람 부는 곳에 닿을 때까지 잠깐이라도

*

우리는 뒤를 볼 수 없으니 남겨두자

언니 석회공장이 문을 닫고 아버지는 어부가 되었잖아 엄마는 차라리 밥집을 냈고 진홍빛 구름 멀리 석횟가루가 끝없이 날리는 곳 고래 갈비뼈를 기둥 삼아 놀던 빈터 포기마다 묻은 허연 가루를 씻으며 우리가 밥집을 물려받았지 언니 솜씨는 엄마를 꼭 닮았어 야무지게 닫은 만두 모양까지 배를 타고 돌아오지 못한 아버지 함지박 속 그릇을 씻던 어머니 고개를 기울이면 파도 소리처럼 엄마의 달그락 소리가 기우뚱 들려와 그날 언니는 세상의 끝을 말했지 언니의 등은 엄마 등처럼 고래 등처럼 내 아이들도 키우고 밥집도 키웠어 아이들이 제 길을 떠나고 우린 나란히 선 가로수처럼

함께 늙고 언니 엄마는 힘겹게 중얼거렸지 어머니 덜 아프게 나 자던 채로 데려가주시오 나도 조금씩 숨이 차 달그락 달그락 난 준비가 되면 떠날 거야 울지 마 곁에 있어줘서 고마워 따개비처럼 물을 걸러 돌을 걸러 허물도 벗고 이젠 허전하지 않아 사랑해 언니 사랑해

*

물결은 넘실거리고 이우고 몸속 바다의 큰고래가 길을 인도할 때

꼬르륵
기포 한 줄기
바닷속 침대에서 일어난 할머니는
링거 바늘을 뽑고
일렁이는 바다를
언니와 함께 헤엄쳤다

언니가 동생의 머리칼을 쓸어주며 말했다
물풀 같아
온전히 살아냈으니 장한 거야
용감한 너로 인해 나는 자유로움과 자신감을 얻었지

다가오는 고래를 따라가
저 고래처럼 물 밖으로 숨을 내쉬면

마지막 숨을 내쉬면 생이 완성될 거야
그리고 다시 만나
사랑해

*

머리 위로는 흰 별들의 행렬

자꾸 뒤를 돌아보았다
침엽수 사이로
할머니들은 아득하고 뚜렷한 소실점이 되고 있었다
바람이 먹먹했다

애도 여행
—모리스 호텔 26

병실의 할머니는 뜨개실을 잡고 목도리를 짰다 숭숭 구멍 뚫린 할머니의 목도리는 양탄자보다 커지더니 돌돌돌 마을 길을 덮고 구멍으로 집과 나무가 고개를 빼고 검은 새들이 튀어올랐다 목도리는 모리스 호텔을 지나 할머니의 집 앞에서 스르르 멈췄다 대문을 열고 나온 쌍둥이 할머니는 튀어나온 뜨개실 한 가닥을 잡고 돌돌돌

하관을 앞두고 나는 혼자가 된 할머니 곁에 앉았다 할머니는 손등을 두드려주었다 나는 할머니의 손을 잡았다 다시 고통스러운 노동을 시작하지만 이제는 기댈 수 있어 구멍 숭숭 목도리가 찬바람을 막아주듯

눈이 적었던 겨울이 가고 환해졌다 모리스도 기지개를 켜야 그러나 나는 이제 차를 한 잔만 끓이겠네 한숨을 폭 마을을 떠난 적 없는 할머니는 트렁크를 들고 팸플릿을 보여주고 울보구나 금방 올게 그녀는 택시에 올랐다 공기는 차갑지만 견딜 만해 할머니가 찾는 도시 호텔의 이름 반질반질해진 모리스의 문손잡이 나는 호스트답게 노년의 여행자를 배웅하고 겨울의 끝 이른봄에

권투하는 뱀파이어
—모리스 호텔 27

1

처음, 첫, 어떻게 먹어야 할지 솔직히…… 두려웠다

소심한 나는 빨대를 들고 한참을 부들부들 서 있었다 다리가 저리도록 머리는 쉬도록 외쳤지

다른 것 생각 좀 해 생각하면 찾을 수 있잖아? 그렇게 계속 잽을 날렸다

하지만 배고파 한마디 위의 훅에 그냥 KO 나는 빨대를 꽂았다 피의 알갱이가 터져 심장을 가득 채울 때까지 쭉쭉 먹었다 기왕 먹게 된 거 쭉쭉 먹었다

나의 첫 식사가 되어준 그의 손등에 살짝 손가락을 대었다가 금방 돌아섰다 나머지는 들개가 처리하겠지

그런데 심장이 불안하게 떨렸다 첫, 처음

달 없는 밤 호밀밭을 더듬어가던 식은땀, 자꾸 돌아보다가 뺨을 베였다

더러워진 이불, 도망가는 노루, 지껄이는 욕설, 스치는 모든 것에 분노했다 아마도 분노가 나를 이렇게 만들었을 거야 무엇의 피를 먹게 된 것은 그러다가 그의 피를 먹었지 적절한 분노를 가지고 있더라고 손가락이 하나 더 생기더군 내친김에 나도 내 피를 먹게 했지 우리는 서로가 서로의 피를 먹어 내 피를 먹은 놈은 허파가 하나 더 생겼다고 괴로워했어 낸들 알았나

어쨌든 나는 거울에 비치지 않는다 그래서 땅바닥의 그림자를 보며 권투를 한다
생생한 욕망이 거울에 하하호호 부러진 이빨 그르릉 뒹굴 때 나는 원투 펀치를 날리며 후드를 뒤집어쓰고 밤길을 뛴다 오늘 밥을 상상하면서

선데이 펀치, 그런 거 없다

만인끼리 싸우며 차려지는 당신들의 테이블 너머 내일이 와도 살기 위해선 나도 먹어야 한다 헛된 꿈을 가진 채 거울을 보는 놈에겐 불안밖에 안 보여 처음이 어려웠을 뿐, 금방 적응해버린 내가 나에게 당황해 허둥대다가 변태야 욕만 들은 적도 많았지 몸냄새가 역해 얼굴에 토했던 것도 고백한다 하지만 칼질을 하며 꾸역꾸역 남의 살을 넘기는 당신들이나 나나

모퉁이를 돌면 아이 울음소리가 꼭 들린다 한 집 건너 또 한 집 무엇이 잘못인가 생각할 틈도 없이 두려움에 소리를 지르며 우는 것 제발 그를 데려가주세요 꼭 그렇게 들린다
더러워, 하지만 나는 그냥 후드를 뒤집어쓰고 원투 원투 달린다 달이 보고 있다는 것을 잊은 듯한 밤, 사과처럼 곪은 명예, 대낮에도 부끄러움을 잊은 당신들, 억지 연기, 나무의

쓰러짐, 세계의 비명 같은

난 인격이 미숙해서 또 빨대를 챙겼다 불안했던 심장의 떨림 잊지 않는다 화장실에서 손을 씻으며 누군가의 머리통을 밟고 올라가겠다는 표정을 짓던 그놈도 잊지 못하겠어 옆구리 밟혀도 무작정 웃는 당신들이 두렵다 분노는 고작 우리끼리 피를 빨게 만들었지 전방에 뱀파이어가 하나 오는 거 같아 나를 보고 멈췄어

내 피는 겨우 혀파를 하나 더 생기게 하는 재주뿐 그래도…… 달이 나를 계속 보고 있다는 걸 알아 동정이 깊어진 만큼 냉정도 똑같이 자란 패배자답게 더블 펀치를 멈추고 천천히,

2

곰곰 생각했다 나는 여전히 두렵다 두렵지만 울어야 할 때 울 수 있고 심장의 떨림을 잊지 않는다 슬슬 잠 깨는 것을 늦추며 전방의 얼굴 모르는 그를 불러보고 싶었다 마지막 단계가 지나갔다

이른봄

떨어진 목련 꽃잎은
그늘의 발자국도 보여주지만
꽃잎 풍선도 됩니다

짧은 봄

모양이 달라졌다면
달처럼 말이에요
있는 걸까요 있었던 걸까요

흰
—모리스 호텔 28

1
참새떼가 푸드덕
도어벨이 울렸다
나는 우체부의 안부를 물었다
그는 편지의 사연이 기억나지 않아 외출을 끊었다

그의 아들은 작은 열쇠를 내밀었다
무엇을 여는지는 모른다고 했다
나는 오후에 방문해도 좋은지 물었다
아들의 불안과 두려움이 모리스 호텔을 훑었다

우체부의 도로와 지도가 지워지고 있었다

2
현관문을 열고 참새가 놀던 계단에 앉았다
여름 햇빛이 부서졌다
지붕의 가장자리가 하얗고
버려진 자전거의 가장자리도 하얗기만

온통 흰빛 속에서
문득 길이 닦이던 시절
길을 벗어나
새 우체부 옷을 입은 젊은 그가

둔덕으로 배달 가방을 메고 뛰어오르는,

3

나는 그의 열쇠를 손금고에 넣었다
수확한 꽃씨는 병에 담았다
어떤 고통은 지독한 평정심을 요구한다

나는 그가 자전거를 타고 추억의 마을을 순회하길 바라
집집마다 핀 추억이 그를 향해 손 흔들고
가장 행복한 추억이 사는 집에 들어가 모자를 벗고 쉬길 바라
그리고 느긋한 마음으로 이곳으로 돌아왔으면 해

그가 저 밝음 속으로 더 들어가
낯선 곳에 홀로 떨어졌다고 여기는 날은 오겠지
분명한 것은 우리는 모두 그를 잊지 않는다는 것
모리스 현관에 세 시간 외출 팻말을 세웠다

여름 송가
—모리스 호텔 29

톡 소리도 없는데 기척이 있었다 거미였다

이게 모리스구나 그녀는 자신을 위한 객실의 문을 열고 밀려오는 햇빛을 등진 채 여름 송가를 불렀다 두께에 따라 제각각 반짝이는 나뭇잎 여름 냄새가 났다 배고프다 뭐 만들까 그녀의 말은 순식간에 과거와 오늘을 이었다 우리는 경비가 떨어지면 접시를 닦았다 그녀가 만든 서머푸딩은 오늘 식탁의 덤 소멸해야 할 작은 바람이 어쩌다가 태풍이 된 거지 그렇게 만난 남자와 헤어졌어 늑대거미의 허물 같은 엽서를 남기면서 그녀는 여행중 베리 향기 속으로 노루처럼 추억이 뛰어갔다 도어벨이 울렸다 낚시를 할 여행객은 멈칫했으나 내게서 열쇠를 받았다 그만 가봐야겠어 그녀는 진지했다 나는 호스트가 잔치를 벌인 밤을 기억한다 나는 잔치 대신 밤거리를 구경했다 그녀는 내 수줍음을 기억했다 내가 올 수 있게 모리스를 잘 지켜줘 모리스 호텔은 모험 가득찬 곳은 아니지만 얼굴을 붉히고 간 이는 없다 잘 가 겨울에 꼭 와 나는 계곡으로 출발하는 여행객에게 그녀의 서머푸딩을 선물했다 여행객은 반색했다 그녀도 원했을 것이다 햇빛에 제각각 반짝이는 나뭇잎 나는 그녀를 위한 객실 문을 닫고 내 몫의 푸딩을 덜었다

응시
—모리스 호텔 30

벽을 따라 흘렀다
오르락내리락 악담이 더러운 발자국을 벽에 찍었다
그때마다 무서워 가기 싫어 되풀이되는 똑같은 감정
하나둘 거울을 깼다
모르는 단어가 입술을 열고 튀어나왔다

어느 날 팽팽한 줄이 끊어지더군
피잉 끊어지는 소리와 함께 도망치고 달려서 도착한 곳은 처음 그 자리
하나둘 거울을 깼다
하나둘 조각을 주웠다
이음매에서 오래된 눈물이 흘러나왔다

낭만 배달부
—모리스 호텔 31

1

넓은 창에 싱그러운 여름 햇살이 서명을 남겼다
바자회 소식도 왔다

나는 바자회에 낼 것을 썼다
우체부를 위한 오후의 뒤뜰 바비큐 잔치

2

식품 배달원의 가족이 아침부터 거들었다
모리스 호텔의 뒤뜰 문이 활짝 열렸다

먼저 도착한 것은 쌍둥이 할머니 식품 배달원은 고기를 굽고 아내는 이웃이 챙겨온 음식을 나누고 우리는 음료를 마시고 사진들을 둘러보며 그를 기다리고 그의 아들은 아버지의 휠체어를 천천히 밀고 그를 향한 박수 소리 이웃들은 잔치를 위해 그와 함께 찍은 사진을 하나둘 보내주었다 고기가 구워졌어요 우리는 테이블에 앉아 음식을 먹으며 가축 송어 날씨 건강 투표를 이야기했다 그는 제일 좋은 자리에 앉아 고개를 끄덕끄덕 잘 지내셨지요 나는 그와 포옹을 했다 정원이 아름다워 고마워 지금 모리스의 뒤뜰은 푸르고 희다 꼬리풀 흰바람꽃 그리고 보랏빛 알리움꽃 노란 문빔의 작은 군락 은행나무 아래마다 수국 아이들은 뒤뜰에서 달리고 손님들은 호텔 로비까지 우리는 함께 무늬를 새

기고 뛰다가 지친 아이들은 객실에서 새근새근 과거의 모리스도 이랬을 것이다

3

우리도 단체 사진을 찍었다
능소화 울타리 너머
하늘은 드넓어

씩씩하게 태양의 수레를 미는
함께 나눈
여름의 열기
그리고 용기

4

그릇과 객실 정리는 내일로 미루고
시든 꽃을 다듬었다

식사 전 바자회장이 우체부에게 쓴 편지를 읽었다
당신이 전해준 소식은 우리의 낭만이었습니다

오늘은 내가 호스트가 된 이래 가장 많은 이가 왔지만
오늘만큼은 나도 게스트

초여름

넝쿨은 담을 살짝살짝 넘었다
넝쿨의 길이었다

진정한 일탈은 새길의 시작

해설

모리스 호텔로부터 온 초대장

소유정(문학평론가)

모리스 호텔은 바람이 많이 불며 여름에 선선하고 겨울이 추운
석회암 지대에 있다
석회암 지대는 빙하기에 살아남은 식물들의 피난처다
몇 세기 전의 채석장도 있으며 송어 낚시에 적절한 계곡이 멋지다
현재는 농업과 관광업이 주요 수입원이 된 평범한 시골 마을이다
마을에서 한 시간 정도 차를 달리면 해안에 닿는다
마을에 오려면 기차를 타거나 자동차를 직접 몰고 오면 된다
초입에 모리스 호텔이 있다

걸음이 멈춘 자리

이 책을 시집이 아닌 다른 것으로 표현할 수 있다면 초대장이 적합하지 않을까. 시집을 열면 우리를 모리스 호텔로 안내하는 상냥한 목소리가 있고, 그곳으로 가기 위해 기꺼이 페이지를 넘기게끔 만드는 이 책을 초대장이 아닌 다른 무엇이라 말하기도 어려울 것이다. 그렇게 모리스 호텔이라는 미지의 공간에 대한 궁금증으로 초대장을 열어보고 있자면 문득 이 모습이 어느 영화의 한 장면과 닮아 있다는 생각이 든다. 웨스 앤더슨의 영화 〈그랜드 부다페스트 호텔〉(2014)이 그것이다. 영화의 도입부에서 한 소녀가 '그랜드 부다페스트 호텔'이라는 제목의 책을 펼쳐 읽으며 아주 오래전 호텔의 기억 속으로 흘러가는 장면, 그리하여 그 시절의 그랜

드 부다페스트 호텔이 새로운 프레임으로 펼쳐지는 장면은 지금 우리가 『관목들』을 열어보며 모리스 호텔에 닿으려는 모습과 겹쳐온다. 영화만큼은 아닐지언정 그곳에 있던 세월만큼이나 다채로운 색과 이야기를 간직하고 있으리라는 기대를 안고 모리스 호텔에 간다. 초대장의 다음 페이지를 넘겨볼 차례다.

1

눈이 내렸다 어둠 속 눈의 대열은 선명했고 거침이 없었다 올 것이 왔다 이제 어디가 터질지 짐작할 수 없으니 무럭무럭 내리는 눈을 잠시 지켜봐야 하는 걸까
장갑을 벗고 불꽃이 중얼거리는 난로 옆에 앉았다

(……)

잘라낸 팔과 다리를 난로에 넣는 꿈속에서 열기 대신 하얀 서리를 뿜는 난로의 꿈속에서 조막만한 얼음 구멍으로 낚싯줄은 아득히 풀려내려갔다 눈은 내리고 또 내렸다

2

생각해보면 폭설도 반가웠다 여운이 남았기 때문이다

—「눈보라—모리스 호텔 1」 부분

『관목들』의 첫번째 시이자 모리스 호텔 연작의 이야기는 눈보라치는 계절에서부터 시작된다. 계속해서 눈이 내리는 까닭에 고요하게 눈 속에 잠긴 전경이 모리스 호텔의 첫인상이다. 그런데 이 혹한은 어딘가 익숙하다. 생각해보니 폭설이 반가운 이유는 "여운이 남았기 때문"인데, 이 여운은 첫번째 시집과 두번째 시집으로부터 이어져오는 것이기도 하다. 『검은 고양이 흰 개』와 『불한당들의 모험』에서 곽은영의 시적 주체는 혹독한 겨울을 지내왔다. "바람구두"(「불한당들의 모험 3」)와 "얼음외투"(「불한당들의 모험 14」)가 아니면 걸음을 계속할 수 없는 계절 속에서 그의 걸음이 만들어나간 궤적이 얼마나 고된 것이었는지를 우리는 이미 확인한 적이 있다. "더이상 걸어갈 땅이 없는 이곳"에 이르러서도 한 걸음 더 내디뎌보며 '나'는 이렇게 중얼거렸다. "언젠가 나의 이동도 멈출 때가 오겠지만/ 그 땅이 궁금하지 않아/ 조금씩 걸어갈 뿐"(「불한당들의 모험 48」). 모험이라는 이름을 가진 시는 여기서 끝이 나지만 그의 모험은 결코 끝나지 않으리라는 것, "하얀 벌판" 위 조금씩 찍혀가는 발자국 또한 계속되리라는 것은 충분히 짐작 가능했으며 곽은영의 시에서 기대했던 점이기도 하다.

그런데 팔 년이라는 시간을 지나 모리스 호텔 연작으로 묶인 시들에서 시적 주체는 이전의 모습과는 조금 다르다. 끝없이 움직이는 주체, 모험하는 주체, 유랑하는 주체처럼 유동성을 가진 표현이 과거의 시적 주체를 설명할 수 있는 말이었다면, 지금의 시적 주체는 그 자리에 그대로 놓여 있는 모리스 호텔과 마치 한몸인 것처럼 보다 정적이다. 그러나 그가 걸음을 멈추었다고 해서 그것이 주체의 한계라거나 모험이 끝났음을 의미하는 것은 아닐 테다. 이는 "언젠가 나의 이동도 멈출 때가 오겠지만/ 그 땅이 궁금하지 않"다고 말했던 이의 생각이 달라졌음을 뜻하는 바가 더 크다. 걸음을 계속하던 주체가 멈춘 때가 지금이고, 멈춘 자리가 바로 이곳 모리스 호텔이라면, 여기에 '나'를 궁금하게 만드는 무언가가 있다는 것일 테니 말이다. 그것은 무엇일까? 왜 그는 걸음을 멈추게 되었을까? 어쩌면 그는 자신이 궁금해하는 것을 함께 들여다보기를 바라는 마음에서 우리에게 모리스 호텔로의 초대장을 보낸 것일지도 모르겠다.

서두에서 인용한 모리스 호텔에 가는 길을 되짚어보자. 모리스 호텔은 석회암 지대에 있다. "석회암 지대는 빙하기에 살아남은 식물들의 피난처"이기도 하다. "멀리 천둥소리를 내며 빙하가 물과 만나고 있었다"(「불한당들의 모험 48」)는 말로 끝났던 두번째 시집의 마지막은 지금의 모리스 호텔을, 이 자리를 아주 오래전부터 그리고 있지 않았을까. 하얀 벌판 위에서 미래를 그려보며 걸음마다 '언젠가'를 중얼거렸을지도 모를 일이다. 얼어붙은 땅에서 지금의 모리스 호텔에 닿기까지 얼마나 오랜 시간이 흘렀는지, 얼마나 많은 걸음을 했는지는 정확히 알 수 없지만 시적 주체의 발자국이 찍힌 땅이 유목지가 되어 마을을 찾는 여행객을 품어주고 있다는 사실만은 명확하다. '나'는 모리스 호텔의 호스트이지만 여행객이나 방문객들이 조금 더 오랜 시간 이곳에 머무르기를 바라지 않는다. "그가 봄이 되면 떠나길 기대했다"(「겨울 강—모리스 호텔 3」)는 말처럼 떠날 이는 제 목적에 따라 굳건하게 또는 정처 없이 자유롭게 길을 이어나갈 수 있기를 바란다. 그렇게 '그'를 떠나보내고 "묵묵히 자리를 지키는 것도// 모리스와 나/ 나와 모리스"(「비와 멜론—모리스 호텔 7」)이다. '나'는 더이상 유랑하지 않고, 그 자리에서 움직이는 것들을 본다. 그것은 계절이 바뀌면 떠날 여행객이기도 하고, 종종 모리스 호텔을 찾는 마을 이웃이기도 하다. 꼭 사람이어야만 하는 건 아니다. 곤충과 물고기, 흐르는 강물과 구름, 쏟아지는 비와 비가 갠 이후 자란 멜론의 한 줄기마저도 유동성을 가진 무언가다. '나'는 그것을 궁금해하고 주의깊게 본다. 키 작은 나무의 자세로, 아주 오래전부터 그곳에 서서 시간을 견딘 관목처럼 말이다. 가늠할 수 없는 시간을 아주 단단하게 끌어안고 있는 그가 궁극적으로 알고 싶은 것은 시간이다. 흐르는 시간 속에서 이미 지나가버렸고, 찰나에 머무르고, 열려 있는 시간을 모두 열어보고 포착하려는 것이 이 시집에서의 주된 움직임이다. "열려진 시간"(「불한당들의 모험 30」)에의 추동, 즉 끊임없이 미래를 모색하고자 하는 몸짓만을 반복하던 것이 이전의 그였다면, 지금의 '나'는 모리스 호텔을 매개로 하여 과거, 현재, 미래의 어떤 시간들을 열어볼 수 있게 되었다. 그러니 시적 주체의 중얼거림은 이제 조금 바뀌어야 할 것 같다. 언젠가 나의 이동이 멈출 때, 그 시간 속의 이야기가 궁금하다고.

감각하는 자리

앞서 언급했던 영화 〈그랜드 부다페스트 호텔〉은 영상물인 만큼 보는 이의 눈길을 사로잡는 이미지가 특징적이나, 시각적 요소뿐만 아니라 그에 어우러지는 음향 또한 훌륭하며 달콤한 디저트의 맛과 향은 코끝에 머물러 있는 듯한 착각마저 들게 한다. 모리스 호텔 역시 이와 닮아 있다. 시편마다 활자에서 묻어나오는 감각들이 영상물만큼이나 다채롭다. 곽은영의 시가 이렇게나 생생한 감각들로 채워져 있는 까닭은 그것이 바로 시적 주체가 시간을 열어보는 방식이기 때문일 것이다. 가령 계절마다 바뀌는 모리스 호텔의 풍경은 시간의 흐름을 나타내는 것이다. 실제로 모리스 호텔 연작이 아닌 시는 모두 계절을 구분하는 시로 이루어져 있다. 「긴 겨울」부터 시작하여 모든 계절을 한 번씩 지나고, 다시 「이른봄」「짧은 봄」, 그리고 「초여름」에 이르기까지 세심하게 나뉘어 있기 때문에 지금 모리스 호텔의 풍경이 어떤 모습일지도 짐작해볼 수 있다. 「여름」과 「늦여름」 사이 "호텔의 캡틴들과 함께했던 여름 탐험 벌레잡이 등불에 깜빡이는 이야기를 따라갔다가 밤과 낮이 교대하며 주고받는 축축한 악수를 지켜보았"(「몽상의 구역—모리스 호텔 12」)던 즐거운 기억도 계절감 있는 시로 남아 언제라도 그 계절의 여명을 그릴 수 있게 되었다. 계절의 변화에 동반되는 또하나의 흥미로운 요소는 맛과 냄새에 있다. 시간이 흐르면 계절이 바뀌고, 계절이 바뀌면 그것이 환기하는 맛과 냄새 또한 달라진다. 우리가 이 시집을 만난 계절에 맞추어 모리스 호텔의 시간을 돌려보자.

버섯을 불리면서 배를 갈고 오이를 썰고
버섯을 볶고 간장도 붓고 꼬들꼬들 볶고
들기름 고춧가루 넣어 볶고

갈아놓은 배 볶은 버섯 오이 식초 소금 한데 합쳐서 휘휘
차게
국수를 짧게 삶아서 찬물에 휘휘
차게

마음에 드는 그릇 시원해진 국수 오이와 차가운 소스
얼음이 된 불꽃을 만드는 레시피
이따금 꺼낸다

—「가정 간편식—모리스 호텔 9」 전문

읽는 것만으로도 시원해지는 시는 음식의 맛을 상상해보는 재미도 있지만, 요리의 재료와 과정을 따라 읽음으로써 말의 맛을 느끼는 재미도 빼놓을 수 없다. "갈고" "썰고" "볶고" "휘휘" "차게"와 같은 말들을 반복해서 소리내보자면, 읽기만 해도 맛있는 국수의 맛과 말의 맛이 입안에 가득한 기분이다. 여름에 떠오르는 맛이 차가운 소스에 비벼먹는 국수였다면, 추운 계절에 생각나는 것은 밀크티잼이다. 추운 계절 살살 졸여 만드는 밀크티잼은 "춥고 증기 가득한 겨울의 몽글몽글한 위로"이자 "상상만으로도 가득 터지는 단맛"(「밀크티잼—모리스 호텔 23」)으로 진득하게 남는다. 정말 먹은 것도 아닌데 어쩐지 혀끝에 달라붙어 있는 것만 같은 맛들이 희미해질 무렵 이 계절은 다시 돌아온다. 그리고 "배고프다 뭐 만들까"라는 물음이 "순식간에 과거와 오늘을 이었다"(「여름 송가—모리스 호텔 29」)는 '나'의 말처럼, 읽는 이 역시도 무심코 지난여름의 맛을 기억하게 되는 것이다. 갈고, 썰고, 볶고, 휘휘 저어 차게 만들었던 요리의 맛을, 말의 맛을.

보고, 맛보고, 느끼는 것과 더불어 『관목들』에서 중요하게 여겨지는 감각 중 하나는 듣는 것이다. 가령 이번 시집의 「시인의 말」은 이렇게 시작한다. "나는 듣는다." 듣는다는 것은 시인에게도, 모리스 호텔의 호스트인 시적 주체에게도 무척이나 중요한 감각이자 자세이다. 이어지는 말을 들어보자. "나는 듣는다. 듣다보면 그에게서 이런저런 감정이 흘러나와 그의 얼굴을 적시고 그가 말을 멈추고 마침내 그가 시간을 거슬러올라가 눈부시게 몸을 맡기는 것을 보게 된다. 감정이 형체를 얻는 순간은 하나의 사건." 누군가의 이야기에 귀를 기울여보면 듣는 이와 말하는 이 모두에게 변화가 생긴다. 말하는 사람에게선 감정이 새어나오고 그는 그 감정으로 인해 어떤 시간으로 단숨에 달려간다. 무어라 정의할 수 없는 이 경험을 시인은 '감정이 형체를 얻는 순간'이라 명명한다. 말하는 이만이 기억하는 시간 속에서 감정은 손이 되어 그것을 흔들어보고, 소리가 되어 작게 불러도 본다. 그리고 듣는 사람은 이를 '하나의 사건'으로 발견하고 시로 남긴다. 기록함으로써 말하는 이의 역할까지도 수행하고 있는 셈이다. 다음의 시를 함께 읽자.

지구는 고래의 별 조심해 고래는 앞을 보지 못해

언니가 동생을 바라보았다
병상의 동생은 호흡기에 의지했다

할머니는 재스민 차를 마시며 말했다
이제 오지 않아도 괜찮아
어차피 여행객도 없는걸요

침묵이 흘렀다

우린 이제 집으로 가
여기선 더 할 수 있는 게 없어
또 침묵이 흘렀다
얘는 결혼을 했고 나는 하지 않았지
우린 다른 점도 많았지만 좋은 친구였어
언니는 말했다
나는 들었다
밖은 어두웠다

(……)

*

우리는 뒤를 볼 수 없으니 남겨두자

언니 석회공장이 문을 닫고 아버지는 어부가 되었잖아 엄마는 차라리 밥집을 냈고 진홍빛 구름 멀리 석횟가루가 끝없이 날리는 곳 고래 갈비뼈를 기둥 삼아 놀던 빈터 포기마다 묻은 허연 가루를 씻으며 우리가 밥집을 물려받았지 언니 솜씨는 엄마를 꼭 닮았어 야무지게 닫은 만두 모양까지 배를 타고 돌아오지 못한 아버지 함지박 속 그릇을 씻던 어머니 고개를 기울이면 파도 소리처럼 엄마의 달그락 소리가 기우뚱 들려와 그날 언니는 세상의 끝을 말했지 언니의 등은 엄마 등처럼 고래 등처럼 내 아이들도 키우고 밥집도 키웠어 아이들이 제 길을 떠나고 우린 나란히 선 가로수처럼 함께 늙고 언니 엄마는 힘겹게 중얼거렸지 어머니 덜 아프게 나 자던 채로 데려가주시오 나도 조금씩 숨이 차 달그락달그락 난 준비가 되면 떠날 거야 울지 마 곁에 있어줘서 고마워 따개비처럼 물을 걸러 돌을 걸러 허물도 벗고 이젠 허전하지 않아 사랑해 언니 사랑해

—「진혼—모리스 호텔 25」 부분

아마도 모리스 호텔을 가장 많이 찾은 이웃이 아닐까 싶을 정도로 쌍둥이 할머니는 시편 곳곳에 등장했다. "천둥벌거숭이가 된 나와 모리스"를 위해 "손님 없는 호텔에 늘 찾아와 호텔이 지녀야 할 온기를 잃지 않게 해주었"던 이도 쌍둥이 할머니였다. 태어날 때부터 지금까지 언제나 둘이었는데 둘 중 한쪽이 먼저 떠나야 한다면 어떻게 해야 할까. 다가오는 죽음 앞에서 떠나는 이는 쏟아내듯 지난 기억을 이야기한다. 엄마, 아버지, 언니가 함께였던 때, 언니와 같이 밥집을 하던 때, 동생 할머니의 아이를 함께 키우던 때의 기억에서도 쌍둥이 할머니들은 떨어져본 기억이 없다. "난 준비가 되면 떠날 거"라고 하지만 여전히 자꾸만 생각나는 것은 함께했던 기억뿐이라 떠나는 이는 사랑한다는 말밖에는 할말이 없다. 그러니 떠난 자리에 남은 것은 거듭되는 사랑의 감정뿐이고, 그것은 홀로 남은 언니에게도, 동생 할머니의 이야기를 함께 들었던 '나'에게도 온전한 형체를 가진 하나의

사건이 되어 시로 남았다. 읽는 이를 그날의 병상 앞으로, 쌍둥이 할머니가 늘 둘이었던 시절로 불러들이는 시로 인해 사랑과 슬픔의 감정은 어느새 시집 너머까지 축축하게 배어나온다. 이것 또한 읽기(-듣기)를 통해 발생하는 사건이라면 곽은영의 시는 사건의 연속이다. 쌍둥이 할머니, 우체부와 같이 더는 함께할 수 없는 이들, 함께할 수 없는 이들을 생각하면 자연스럽게 떠오르는 '나'의 개인적인 기억들까지. "돌연한 떠남에 의연"(「겨울 강—모리스 호텔 3」)해야 하는 것이 호텔의 숙명일지도 모르겠지만 떠난 이들이 남긴 이야기와 그로부터 환기되는 감정은 시간이 흘러도 흩어지지 않은 채로 겹겹이 쌓인다. 지금의 모리스 호텔이 그런 것처럼.

그는 눈사람을 하나 세웠다.
나는 재로 카이저수염을 그렸다

그는 열쇠와 물병을 남기고 빈 침대를 남겼다
나는 커튼을 떼어내고 새 시트를 깔았다

그는 선량한 미소를 지었다
나는 가벼운 한숨을 쉬었다

—「관목—모리스 호텔 2」 전문

모리스 호텔에 잠시 묵었던 이들이 머물렀던 시간은 길지 않을 테지만 그들이 남기고 간 것은 참 많다. "눈사람 하나" "열쇠와 물병" 그리고 "빈 침대" "선량한 미소"도 '그'가 남기고 간 것이다. '나'는 '그'가 남긴 것에 '나'의 것들을 더해본다. 눈사람에는 재로 수염을 그리고, 방을 정돈하고, '그'의 미소를 떠올리며 가볍게 한숨을 내쉬기도 한다. 지나간 시간, 그러나 '그'가 남긴 시간들에 '나'의 시간을 쌓아올리는 것이다. 시적 주체는 모리스 호텔이라는 장소에서 멈춰 있는 것처럼 보이지만 어쩌면 길고 또 걸었던 지난날보다 더 열심히 자신의 길을 만들어나가고 있는 것일지도 모르겠다. 더는 고독하지 않고 타인과 함께인 방식으로, 주변에 귀를 기울이고 그것을 감각하는 방식으로, 당신의 시간과 '나'의 시간을 '우리'의 시간으로, 당신의 이야기와 '나'의 이야기를 '우리'의 이야기로 바꾸어보는 방식으로 말이다.

나는 매일 조금씩 풀밭 사이로 길을 만들었다

시간과 식물과 사람이 사이좋게 제 몫을 하면 정원이 만들어졌다
그래서 모든 정원은 아름답다

길을 따라 꼬리풀과 울부시 흰바람꽃과 문빔이 피고 지고
블루데이지 알리움 양귀비꽃이 결대로 넘실거리는 길

을 따라
나는 모종삽만큼 작아져 오래오래 걸을 것이다
—「외발 수레—모리스 호텔 20」 부분

그렇게 매일 조금씩 쌓인 시간으로 만든 길, '나' 혼자만의 일이 아닌 "시간과 식물과 사람이 사이좋게 제 몫을 하"여 만들어진 공간은 아름다울 수밖에 없다. 그 길을 따라 "오래오래 걸을 것"이라는 다짐은 여전히 그가 자신의 모험을 그만두지 않았다는 뜻이기도 하다. 다만 하염없이 걷는 일은 드물 것이다. 이제 그에겐 잠시 걸음을 멈추고 관목의 자세로 눈을 맞추는 여유가 있기 때문이다. 저기 꽃들이 넘실거리는 길을 지나 그가 온다. 초대장을 받아들고 도착한 마을, 그 초입에서 모리스 호텔을 기웃대는 우리를 발견하고는 앞에 선다. 그리고 이제는 작은 열쇠 하나를 쥐여준다. 어떠한 덧붙임 없이도 그것이 그저 머물다 가라는 다정한 인사임을 안다. 그가 만들어놓은 길, 시간의 흔적을 따라가다보면 어느새 모리스 호텔의 작은 방 문을 열고 있을 것이다. 그 안에서 우리는 이야기할 수 있다. 이곳에 닿기까지의 여정과 시간들을 슬쩍 흘려놓고 갈 수 있다. 호스트가 가만히 귀를 기울이는 모습을 따라 호텔에서 새어나오는 말을 들을 수도 있다. 그렇게 또하나의 이야기를 만드는 공간, 아름다운 하나의 사건을 만드는 공간을 만나게 되어서, 시를 통해 그곳에 언제라도 닿을 수 있다는 사실까지도 못내 기쁘다. 『관목들』이 건넨 작은 열쇠를 쥐어보며 앞서 걷는 호스트의 뒤를 따른다. 그가 있기에 우리는 "오래오래 걸을 것이다". 오래오래 걸을 수 있다.

곽은영 동아일보 신춘문예를 통해 등단했다. 시집으로 『검은 고양이 흰 개』『불한당들의 모험』, 동화로 『고양이를 응원해』가 있다.

문학동네시인선 143
관목들

1판 1쇄 2020년 7월 15일
1판 2쇄 2022년 7월 14일

지은이 | 곽은영
책임편집 | 강윤정
편집 | 김민정 김영수 이재현
디자인 | 수류산방(樹流山房)
본문 디자인 | 유현아
마케팅 | 정민호 이숙재 박치우 한민아 이민경 박지영 안남영 김수현 정경주
브랜딩 | 함유지 함근아 김희숙 박민재 박진희 정승민
제작 | 강신은 김동욱 임현식
제작처 | 영신사

펴낸곳 | (주)문학동네
펴낸이 | 김소영
출판등록 | 1993년 10월 22일 제2003-000045호
주소 | 10881 경기도 파주시 회동길 210
전자우편 | editor@munhak.com
대표전화 | 031) 955-8888 팩스 | 031) 955-8855
문의전화 | 031) 955-3578(마케팅), 031) 955-2678(편집)
문학동네카페 | http://cafe.naver.com/mhdn
인스타그램 | @munhakdongne 트위터 | @munhakdongne
북클럽문학동네 | http://bookclubmunhak.com

ISBN 978-89-546-7337-2 03810

* 이 책은 서울문화재단 '2018년 창작집 발간 지원사업'의 지원을 받아 발간되었습니다.

잘못된 책은 구입하신 서점에서 교환해드립니다.
기타 교환 문의: 031) 955-2661, 3580

www.munhak.com

문학동네